CHANSONS

ET

VERS DE SOCIÉTÉ.

CHANSONS

ET

VERS DE SOCIÉTÉ

D'UN CI-DEVANT BELGE,

DÉDIÉS

A MESSIEURS LES OFFICIERS DE L'ÉCOLE DE METZ.

L'amant français suit un autre chemin.
On le verra, le champagne à la main,
D'un vaudeville agaçant une belle,
Chanter gaîment son martyre pour elle.

BERNARD, *art d'aimer*.

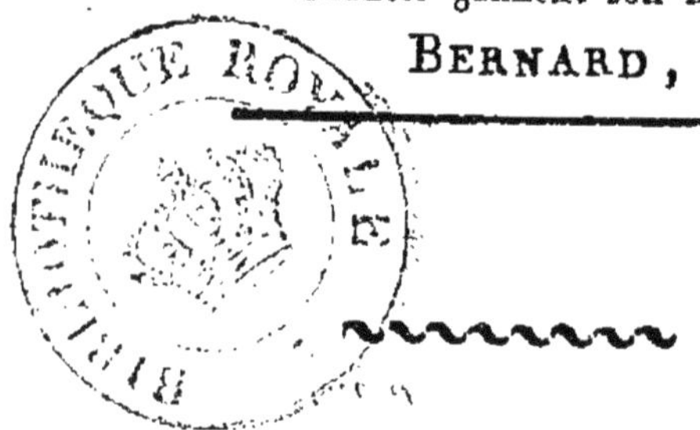

A METZ,
Chez VERRONNAIS, Imprimeur-Libraire-Propriétaire,
à l'Aigle-d'Or, place Napoléon.

1811.

AVIS DE L'ÉDITEUR.

VOICI un Recueil de Chansons et de petits Vers, qui nous est par hasard tombé entre les mains : nous le donnons au public, mais sans prétendre lui faire un présent bien merveilleux. On n'y trouvera pas la diction brillante, les tours nouveaux de nos aimables Poëtes français : l'Auteur est un Flamand qui cultive les lettres dans la retraite et le silence, et qui les cultive dans quatre ou cinq langues différentes. Ainsi tout ce qu'on peut exiger de lui, c'est qu'il écrive au moins correctement une langue qui n'est pas la sienne. On le trouvera peut-être par-ci par-là un peu gai : mais tous les Chansonniers l'ont été. D'ailleurs, il est vieux ; il dit à cet égard avec HORACE :

> Liberiùs si dixero quid, si fortè jocosius,
> hoc mihi juris cum veniâ dabis.

CHANSONS

ET

VERS DE SOCIÉTÉ.

CHANSON

POUR LA FÊTE DU 2 DÉCEMBRE (1807).

Air d'Estelle : *Gaston, le sort de la patrie.*

Nil majus generatur ipso.

On a décoiffé le champagne,
Amis, un toast : (1) attention.
Au successeur de Charlemagne !
A l'immortel NAPOLÉON !

(1) On prononce *tôst*.

Qu'il vive, non pas pour sa gloire;
Elle est au comble; mais pour nous!
Héros, que nous vante l'histoire,
Devant lui disparaissez tous.

Vingt Rois lui déclarent la guerre;
Il part, il vole; ils sont vaincus:
Attérés d'un coup de tonnerre,
S'il le veut, leur trône n'est plus.
Seul, un peuple vain, indocile,
Contre lui veut encor lutter:
Mais, en l'isolant dans son île,
Il saura bientôt le dompter.

Sous un tel Roi l'ame s'élève,
Et l'on est fier d'être français:
Bientôt son vaste plan s'achève;
Chaque pas conduit au succès:
D'un Peuple aimant, brave, fidèle,
Il veut assurer le repos:
La paix, la paix perpétuelle,
C'est le terme de ses travaux.

Honneur donc au Héros sublime
Devant qui l'univers se tait !
Déjà d'un code maritime
Sa tête a conçu le projet.
Fière Albion, si tu t'obstines
A soutenir des droits proscrits,
Songe qu'au pays des Bramines
Alexandre parvint jadis.

CHANSON

A Mademoiselle D......, en lui envoyant un Bouquet le premier de Mai.

Air: *O Fontenai, qu'embellissent les roses.*

Sœur de Pomone, aimable et tendre Flore,
De ta saison voici le premier jour :
Tu reparais : les roses vont éclore ;
Roses et cœurs, tout s'ouvre à ton retour.

Prends ce bouquet et vole chez Adèle,
Pose le bien, qu'il penche vers son cœur:
Tu jugeras qui, de tes fleurs ou d'elle,
Ou de toi-même, a le plus de fraîcheur.

Mais, en allant chez celle qui m'engage,
Garde-toi bien d'y mener ton amant:
Flore, tu sais que Zéphyre est volage;
Il la verrait, il serait inconstant.

VERS

A Mademoiselle L....., sur son Portrait qui était fait d'une manière détestable.

Quoi! c'est là ton portrait? Belle comme le jour,
Pour te peindre il fallait Vandyck ou Palamède.
Ah! Corinne, l'Artiste, en te peignant si laide,
A sans doute à Vénus voulu faire sa cour.

ÉPIGRAMME

IMITÉE DE MARTIAL.

Quel est ce petit homme ambré
Qui chez vous, mon cher, s'est ancré ?
Votre femme paraît le distinguer des autres.
—C'est un homme versé dans l'étude des lois,
Qui fait ses affaires, je crois.
— Il pourrait bien faire les vôtres.

LE RENDEZ-VOUS.

Air: *Dans ce salon*, ou *du Poussin*.

Déja la nuit du haut des cieux
Sur nos toits commence à descendre ;
Voici l'orme silencieux
Où ma Nicette doit se rendre.

Morphée, ah ! répands tes pavots
Et sur sa sœur et sur sa mère !
Double pour elles le repos
Que va m'immoler ma bergère.

Jule ainsi contait aux échos
Et sa flamme et son espérance,
Quand tout-à-coup, sortant d'un clos,
Nicette dans ses bras s'élance.
Un tertre s'offre à leurs plaisirs ;
Jule y sait entraîner Nicette :
Des demi-mots et des soupirs
Sont tout ce que l'écho répète.

MADRIGAL

A Madame R..... qui était très-jolie et qui chantait très-bien.

A votre sujet, belle Ismène,
Lycidas et Damon disputaient l'autre jour ;
Damon disait : oui, c'est une Sirène ;
Non, disait Lycidas, c'est la mère d'Amour.

De cette dispute ingénue
Il résultait sans contredit
Que l'un, un jour, vous entendit,
Et que l'autre vous avait vue.

ÉPIGRAMME.

LE croirez-vous ? le barbouilleur Gautier
S'imagine être né Poëte ;
Il fait des madrigaux, des stances à Lucette.
— Il travaille de son métier.

CHANSON

A Madame L.... qui a la vue très-basse et la voix très-jolie.

Air : *Femmes, voulez-vous éprouver ?*

JE le redis soir et matin,
Rosine est une aimable femme ;

Elle a de beaux traits, un air fin,
De grands yeux bien doux et pleins d'ame.
Si Rosine est myope, hélas !
Elle n'en est pas moins gentille ;
On sait que l'Amour n'y voit pas ;
Les Grâces tiennent de famille.

Son défaut me conviendrait mieux,
J'en porte envie à cette belle ;
Avec un cœur et de bons yeux
On court trop de risques près d'elle.
Mais, Amour, quel est ton pouvoir !
Rosine a la voix douce et tendre ;
On aurait beau ne point la voir,
Il faut encore ne pas l'entendre.

LE PETIT PIED.

A Mademoiselle D....

Air : *C'est Geneviève dont le nom.*

Il est permis à tout Amant
De chanter, suivant son penchant,
Les appas de sa Dame :
Toujours quelque chose nous plaît ;
Moi, j'ai choisi pour mon sujet
Le petit pied
Le joli pied
De celle qui m'enflamme.

Cent chemins mènent à l'amour,
Ce Dieu connaît plus d'un détour
Pour soumettre notre ame :
A deux beaux yeux chacun se rend ;
Mais moi, je fus pris en voyant
Le petit, etc.

Doris est la beauté du jour ;
C'est un Ange, c'est un Amour,
C'est la plus belle femme :
Doris sans doute a mille appas ;
Mais cependant elle n'a pas
Le petit, etc.

Dans son sérail un grand Visir
Entre cent belles peut choisir :
Ah ! l'heureux Polygame !
Mais bientôt il se fixerait
Si l'une d'elles lui montrait
Le petit, etc.

L'un meurt d'amour près d'un beau sein ;
L'autre sur une belle main
De volupté se pâme :
Chacun est fou de ses amours :
Mais, pour moi, j'en reviens toujours
Au petit, etc.

VERS

Sur une belle Femme sans grâces.

La grâce est tout. Lorsque je vois Ninon
Étaler froidement sa superbe figure,
Je dis : c'est Vénus quand Junon
Avait, sur le Gargare, emprunté sa ceinture.

ÉPIGRAMME

SUR L'INDIGENT, DRAME.

On donnait l'Indigent. Certain enthousiaste
Me dit d'un air extasié :
Qu'en dites-vous, mon cher Eraste ?
— Ce que j'en dis ? j'en ai pitié.

CHANSON

Sur les réformes que l'Empereur Joseph II faisait dans les Pays-bas en 1787, et dont les commencemens, à l'économie près, ne déplaisaient pas aux gens sensés.

Air *du Vaudeville d'Epicure.*

Que l'on change, que l'on réforme,
Qu'on fasse vingt nouveaux édits,
Et sur le fond et sur la forme,
Pour moi, mes Amis, je m'en ris,
Pourvu que le cœur de ma mie
Ne change pas, et qu'à la fin,
Par un excès d'économie,
On ne réforme pas le vin.

Le but du Prince, je suppose,
Est que son Peuple soit heureux:
Je pars de ce principe, et j'ose
L'être, hélas! le plus que je peux.

Qu'il corrige, qu'il modifie,
Qu'il change nos us, j'y souscrits;
Je tâche de plaire à ma mie,
Et je bois avec mes Amis.

Une politique profonde,
Voudrait, dit-on, saper nos droits.
Du soin de gouverner le monde
Je me repose sur les Rois.
Pour couler doucement la vie
Je connais un secret divin;
C'est un grain de philosophie,
Beaucoup d'amour, un peu de vin.

LES YEUX BLEUS.

A Mademoiselle D....

Air: *Du haut en bas.*

Ces beaux yeux bleus,
Ce sont les jolis yeux de Flore,
Ces beaux yeux bleus
De Zéphyre ont fixé les vœux:

Aux Grâces on les donne encore;
Et Pétrarque adora dans Laure
Ces beaux yeux bleus.

Ces beaux yeux bleus,
En vain voudrait-on s'armer contre
Ces beaux yeux bleus,
Point de résistance avec eux:
Quelqu'intrépide qu'on se montre,
C'en est fait dès que l'on rencontre
Ces beaux yeux bleus.

Ces beaux yeux bleus!
Heureux qui sur lui les voit luire,
Ces beaux yeux bleus!
Mais cent fois encor plus heureux
Qui, dans un instant de délire,
Verrait mourir, charmante Elmire,
Ces beaux yeux bleus!

CHANSON.

Un Cavalier s'était amusé chez une Dame à lui tirer les cartes. A sa fête, la Dame imagina de lui donner un jeu de cartes pour bouquet. Elle me demanda une chanson; je lui fis celle-ci.

Air connu.

A Damis des cartes ! mais
Voilà, je vous jure,
Un bouquet fait tout exprès
Pour la conjoncture ;
Car, quoiqu'on choisisse, rien
Ne sied mieux à qui dit bien
La bonne aventure, ô gué,
La bonne aventure.

Ah ! pour lui s'il les tirait (1)
Je fais la gageure
Que tout s'y rencontrerait
Du meilleur augure :
Son destin, dans ses amours,
Est de ne trouver toujours
Que bonne aventure, etc.

C'est que pour plaire il a tout,
Tout, je vous assure,
Esprit, finesse, bon goût,
Charmante figure :
Femme qui le fixerait,
Assurément bénirait
Sa bonne aventure, etc.

Pour lire dans l'avenir
Sa méthode est sûre;
Son art sait tout découvrir,
Rien n'est chose obscure :
Mais il réussit bien mieux,
Lorsqu'il lit dans deux beaux yeux
Sa bonne aventure, etc.

---

(1) Tirer les cartes, est, je crois, le mot technique.

Pour moi qui rimaille ici
Sans choix, sans mesure,
Je dois bien pour ces vers-ci
Craindre la censure :
Mais, s'il les trouve à son gré,
A mon tour je chanterai
La bonne aventure, etc.

QUATRAIN

Pour la fète de Mademoiselle D.....

Mademoiselle D...... était fêtée par une société nombreuse. M. C...., dentiste, me demanda quatre vers pour cette occasion ; je lui fis ceux-ci.

CHACUN exerce ses talents
A vous faire un bouquet ; cela paraît dans l'ordre :
Pour moi, j'arracherai les dents
A qui sur vous osera mordre.

EPIGRAMME.

DAMIS tout frisé, tout musqué,
Disait à sa moitié : Quoi ! pour le bal, madame,
Point de toilette encor ? — J'y vais en bonne femme.
— Ah, ah ! c'est donc un bal masqué.

L'AMOUR SORCIER.

Air : *Jupiter un jour en fureur.*

APRÈS avoir été banquier,
Frère lai, portier, militaire (1),
Le Caméléon de Cythère
Vient de se faire sorcier :

(1) M. le Prince de L.... avait fait *l'Amour soldat ;* M. le Gr.... *l'Amour portier*, qui a été imprimé dans l'Almanach des Muses ; *l'Amour banquier* et *l'Amour Frère quêteur* sont connus.

De son savoir chacun s'occupe ;
Pour le voir, on s'empresse, on court :
Mais il est toujours l'Amour ;
Et chacun est sa dupe.

Dans ce déguisement nouveau,
Voyez si le fripon déroge :
Sur les yeux de qui l'interroge
Il met d'abord son bandeau.
Ah ! dit-il, si de tes paupières
J'écarte la clarté des cieux,
C'est que la nuit beaucoup mieux
Convient à mes mystères.

Dans la main il lit l'avenir :
Pour l'avare il voit des richesses ;
Pour l'amant, de tendres caresses ;
Pour le sage, du plaisir ;
Pour les vieillards, beautés cruelles ;
Pour les auteurs, minces lauriers ;
Pour les riches financiers,
Maîtresses infidèles.

Le ciel, à ce qu'il dit aux sots,
Se meut au gré de sa baguette ;
Il n'est point là-haut de planète
Qu'il ne leur cite à propos.
Voit-il un jaloux qui s'avance,
Au front craintif, à l'air confus ?
De Mars, dit-il, de Vénus
Redoute l'influence.

Comme il enjôle, le trompeur,
Les petits-maîtres, les coquettes !
Il leur annonce des recettes
Pour pouvoir toucher un cœur.
Fais-moi, lui dit un agréable,
Plaire à l'objet qui m'a charmé.
Veux-tu, dit-il, être aimé ?
Eh ! mon cher, sois aimable.

Chez lui, belle Eglé, ne vas pas
Pour savoir ta bonne aventure ;
Mieux que dans la main, je te jure,
On la lit dans tes appas.

Il faut enfin que j'en convienne,
Je verrais combler tous mes vœux
Si je pouvais dans tes yeux
Un jour lire la mienne.

MON VOYAGE.

A M. L'ABBÉ P.....

J'étais à Bel.... chez M. le Prince de L..... On m'envoya à Baud..... entendre les comptes du Bailli et Receveur, qui était un homme qui parlait toujours en termes de pratique. L'Abbé P.... me prêta son cheval. Je dînai en chemin au Prieuré de Sir...., dont le Prieur vint à ma rencontre en disant son bréviaire.

Air: *Et j'y pris bien du plaisir.*

VERTUCHOU ! comme on avance
Lorsqu'on voyage à cheval!

Pour un apprentif, je pense,
Je ne m'y tiens pas trop mal.
Mon cher Abbé, je te jure,
Ton Bucéphale est parfait :
Ah ! l'excellente monture !
Oh ! le merveilleux bidet !

Je veux, dans l'heureux délire
Où ce Pégase m'a mis,
En vers pompeux te décrire
Les rencontres que je fis :
Si je déplais, pour censure,
A ton tour dis-moi tout net :
Ah ! l'excellente, etc.

D'abord, j'ai vu dans ma route
Certain Moine bien pesant
Qui disait, sans y voir goutte,
Ses heures chemin faisant :
A son énorme encolure
Je vis quel homme c'était :
Ah ! l'excellente, etc.

Plus loin, un Bailli gothique
M'arrête, et fort gravement,
En style diplomatique,
Me fait un long compliment:
Mais son discours, plein d'enflure,
Fit sur moi fort peu d'effet:
Ah! l'excellente, etc.

Enfin, j'arrive à mon gîte:
Qui s'offre à moi? c'est Suzon.
Ton mari, dis-je bien vîte,
N'est-il pas à la maison?
— Non, Monsieur, je vous assure;
Et quand même il y serait,
Ah! l'excellente, etc.

J'entre, et, loin d'être revêche,
Suzon aussitôt me suit:
Grands yeux fripons, bouche fraîche,
Tout en elle vous séduit:
Appétissante tournure,
Gaîté folle, tout vous plaît:
Ah! l'excellente, etc.

VERS

A une Parente, en lui donnant une paire de Boucles d'oreilles.

ANNEAUX, pendez légèrement
A l'oreille de mon Amie :
Mais tirez-la lui doucement
Si par hasard elle m'oublie.

ÉPIGRAMME.

A son Amant, la fine Ancelle
Interdit vin blanc et clairet :
C'est que la prudente femelle
Sait que Bacchus rend indiscret.

CHANSON

A Mademoiselle D..., en lui envoyant une Rose le premier de Mai.

Air : *Je l'ai planté, je l'ai vu naître.*

Tendre Rose, qui viens d'éclore,
Ah ! ne te plains pas si ma main,
Pour parer l'objet que j'adore,
Te cueille à ton premier matin.

Flore aux jardins vient de sourire :
Va briller aux yeux de Myrté ;
Toujours, au retour de Zéphyre,
L'amour t'offrit à la beauté.

Myrté des fleurs est idolâtre ;
Son sein t'attend ; va, sois son fard :
Fière sur un trône d'albâtre,
Sers de prétexte à mon regard.

Zéphyr te baise d'ordinaire ;
Il prendra la même faveur
Sur la bouche de ma bergère,
Croyant voler de fleur en fleur.

Tu pourras disputer de grace
Avec l'objet de mes amours ;
Mais, hélas ! un instant t'efface ;
Myrté m'enchantera toujours.

CHANSON

En réponse à de mauvais couplets qu'on avait répandus à M..... contre les Dames, et qui se renouvelaient tous les jours.

Air : *Philis demande son portrait.*

Taisez-vous, mauvais rimailleurs,
Plus vils encor qu'ignares,
Supprimez vos tristes fureurs
Et vos chansons barbares :

Si l'on craint les coups de sifflet
Quand on rime en pécore,
L'auteur d'un infâme couplet
Doit craindre pis encore.

On ne craint pas les sifflemens
Des serpens de l'envie:
On méprise des vers mordans,
Faits sans art, sans génie.
La beauté, dans de pareils traits,
Ne voit rien qui l'offense:
Ils ne déshonorent jamais
Que la main qui les lance.

EPIGRAMME.

Un homme à moi! l'idée est neuve;
Disait Alix aux prudes du quartier,
Je n'ai pas eu, depuis que je suis veuve,
Le plus petit désir de me remarier.
Et moi, lui répondit Grégoire,
Vidant son broc tranquillement,
Depuis que date ma mémoire,
Je n'ai pas eu soif un instant.

CHANSON

Pour la réception de Madame J..... dans la L... d'adoption de B.......

Air : *Cœurs sensibles, cœurs fidèles.*

DANS ce moment agréable
Il faut nous réunir tous,
Pour chanter la Sœur aimable
Qui vient de se joindre à nous ;
Dans ce jardin délectable,
Dont tout profane est exclus,
C'est une rose de plus.

O vous qui vouliez connaître
Ce que renferment ces lieux,
Dès qu'on vous y vit paraître,
Un grand bandeau sur les yeux,
Flattés autant qu'on peut l'être,
Nous disions tous à la fois :
Il n'y manque qu'un carquois.

Hélas ! une loi sévère
De ces lieux bannit l'amour :
Mais avec vous comment faire
Pour lui fermer ce séjour ?
Ce Dieu suit toujours sa mère ;
Ne s'obstinera-t-il pas
A s'attacher sur vos pas ?

Ah ! mes Sœurs, si sur ses traces
Chez vous il s'introduisait,
Après toutes vos menaces
Savez-vous ce qu'il dirait ?
Moi, qui pour Sœurs ai les Grâces,
Ne suis-je pas Frère aussi,
Puisque je les trouve ici ?

COUPLET

A S. A. S. Madame la Duchesse régnante d'A......., grande Maîtresse de la L... d'adoption de B.......

Air : *On compterait les diamans.*

Vous qui d'un sourire enchanteur
Daignez embellir cette fête,
Ah ! que pour nous il est flatteur
De vous y voir à notre tête !
Chacun se dit sans hésiter :
Vénus a changé sa parure ;
La Déesse vient d'ajouter
Une truelle à sa ceinture.

CHANSON

A M. le Baron de Ch....., Maître en chaire de la L.... de B......., à son retour de l'armée où il avait été comme Commissaire-ordonnateur.

Air : *Un Chanoine de l'Auxerrois.*

CHANTONS, Amis, et buvons frais :
Mais répétons : vive la paix !
Elle nous est bien chère :
D'abord, elle vient empêcher
Plus d'un Maç.·. de dépêcher
Une balle à son Frère :
Puis, elle ramène chez nous
Celui qui nous fait chanter tous :
Et zon, zon, zon,
Que le vin est bon !
Buvons au Maître en chaire.

A la guerre, hélas ! qu'eut-il fait ?
Je conviens qu'il y paraissait
Dans un poste honorable :
Mais voir l'ennemi devant soi,
Pour qui n'en eut jamais, ma foi !
N'est pas chose agréable :
Aussi crois-je qu'il aime mieux
Chanter ici d'un air joyeux :
Et zon, zon, zon,
Que le vin est bon !
En ordonnant à table.

Ah ! pour lui le bel agrément
D'entendre presqu'à tout moment
Le canon faire rage !
Le sage qui sert tour à tour
Le Dieu du vin, le Dieu d'amour
N'aime pas le tapage :
Le bruit nuit toujours, hors celui
Qu'ensemble nous faisons ici
En chantant : zon,
Que le vin est bon !
Trinquons suivant l'usage.

Enfin, qui nous eut répondu
Que, dans un choc inattendu,
Au milieu du désordre,
Un boulet ne l'eut emporté,
Tandis qu'il se trouve arrêté
Dans les statuts de l'ordre;
Qu'il doit vivre jusqu'à cent ans
Pour chanter avec nous céans :
Et zon, zon, zon,
Que le vin est bon?
A la grappe il faut mordre.

COUPLET

A Mademoiselle M....., à qui j'avais fait compliment sur une Chanson faite par une autre, Mademoiselle M.....

Air : *On compterait les diamans.*

AH ! pardon, charmante Myrté,
Si, sur un nom semblable au vôtre,
Sans examen je vous prêtai
De jolis vers faits par un autre !

Un Poëte facilement
Auprès de deux beaux yeux s'abuse :
Ils m'ont fait prendre en ce moment
Une Grâce pour une Muse.

ÉPIGRAMME.

A sa toilette Dorylas
Exerçait son humeur caustique,
Et repassait dans sa critique
Les hommes de tous les états :
Combien, dit-il, de pauvres têtes !
Combien de sous-esprits sans talens, sans savoir !
Je ne vois par-tout que des bêtes.
Il était devant son miroir.

CHANSON

A Mademoiselle D......

Air : *O Fontenai, qu'embellissent les roses.*

Dieu de Paphos, viens d'une aîle légère
Près d'un Amant qu'un coup d'œil enchaîna ;
Deviens mon maître ; apprends-moi l'art de
plaire ;
Pour l'art d'aimer, Daphné me l'enseigna.

Et toi, Vénus, viens, instruis ma bergère ;
Parlé à son cœur, tâche de l'enflammer :
Ainsi que toi, Daphné sait l'art de plaire ;
Ce qu'elle ignore, hélas ! c'est l'art d'aimer.

CHANSON DE TABLE.

Air à faire.

BACCHUS un jour, ayant rempli son verre,
Voulut chanter une ronde légère :
Or, savez-vous quel était son refrain ?
Il répétait d'une voix mâle et pleine :
Que chacun prenne
Le verre en main.

Mes chers Amis, si du Dieu de la tonne
Vous estimez que la chanson soit bonne,
Adoptez-la ; car c'était son dessein
Qu'on répétât, en faisant sa neuvaine :
Que chacun prenne
Le verre en main.

Un vieux Galant à qui l'âge vient dire :
Il faut enfin, il faut qu'on se retire,

Avec Bacchus adoucit son destin :
S'il ne prend plus le cœur d'une chrétienne,
Eh bien, qu'il prenne
Le verre en main.

Bacchus encore enfante le génie :
De lui sont nés et bons mots et saillie ;
Un grave Auteur nous l'assure en latin ;
Horace dit : pour qu'au beau l'on parvienne,
Il faut qu'on prenne
Le verre en main.

Le vieux Caton, ce sage, ce grand homme,
Qu'on écoutait comme un Oracle à Rome,
Voulait toujours que son verre fût plein ;
Il enseignait pour maxime certaine :
Que chacun prenne
Le verre en main.

Homère encor, le père du Parnasse,
Chantait les Dieux, mais remplissait sa tasse ;
Son Apollon, c'était le Dieu du vin ;

Il entonnait dans les festins d'Athène :
Que chacun prenne
Le verre en main.

Oui, mes Amis, les sages, tant qu'ils furent,
En tout pays, dans tous les siècles, burent :
Ainsi trinquons, buvons jusqu'à demain ;
Et répétons toujours la même antienne :
Que chacun prenne
Le verre en main.

VERS

A S. A. S. Monseigneur le Duc d'Oldenbourg, le 17 janvier, jour anniversaire de sa naissance.

Des aquilons hier nous craignions la constance ;
Tout à coup ce matin ils calment leurs fureurs :
Prince, le jour de ta naissance,
Rien ne doit être froid, ni le tems ni les cœurs.

VERS

A Mademoiselle de N...., en quittant le Duché d'Oldenbourg.

Je quitte enfin la Westphalie
Et je la quitte avec regret :
Ce pays a-t-il donc un si puissant attrait ?
Est-ce un nouvel Eden ? est-ce une autre Idalie ?
Non ; mais Elise l'habitait.

LA CLIGNE-MUSETTE.

Air : *A Venise, jeune fillette.*

Au village, à cligne-musette
Un essaim folâtre jouait :
La jeune Colinette
Veut éviter l'œil furet ;

Elle sait un coin solitaire,
Des Amans l'asile secret:
Elle y court, et sur la fougère
Se blottit en criant: c'est fait.

Plein d'amour, mais plein de malice,
Lucas avait suivi ses pas:
  Auprès d'elle il se glisse,
Et la serre dans ses bras.
  On rit de son martyre:
Il attaque, il presse; on se tait.
On ferme les yeux, on soupire;
Lucas crie à son tour: c'est fait.

L'ADROITE BATELIÈRE.

CHANSON

Tirée d'un des Contes de la Reine de Navarre.

Air: *Daignez m'épargner le reste.*

Deux Cordeliers de Saint-Fargeau
Cajolaient une batelière

Qui les passait, dans son bateau,
A l'autre bord de la rivière :
Le larcin succède au larcin ;
Elle ne sait auquel entendre :
Quand on rame de chaque main,
On ne peut pas trop se défendre.

Plus l'esquif s'éloigne du bord,
Plus le couple ardent la chiffonne :
Enfin, le jeu devint si fort
Qu'elle tremble pour sa personne.
Comment se tirer d'embarras ?
Un Moine n'admet pas d'excuse :
Quand on est le plus faible, hélas !
Il faut recourir à la ruse.

Je consens à franchir le pas,
Mais point de témoin, leur dit-elle :
L'eau forme deux îles là-bas ;
J'y vais diriger ma nacelle :
Que le plus jeune de vous deux
Attende mon retour dans l'une,
Tandis qu'avec moi le plus vieux
Dans l'autre ira tenter fortune.

Aussitôt dit, aussitôt fait:
L'Amour rend les Amans dociles;
Elle débarque le cadet
Dans la première des deux îles:
Puis, de la rame fendant l'eau,
Touche à l'autre avec son confrère,
Qui dit, en sautant du bateau,
Ah! nous voici donc à Cythère!

La batelière au même instant,
Contre un saule appuyant sa rame,
Reprend le large brusquement
En riant de toute son ame.
Les deux Moines sont furieux,
C'est une trahison énorme;
La friponne, en se moquant d'eux,
Leur crie: attendez-moi sous l'orme.

VERS

A Madame P...., qui m'avait envoyé des raisins de sa vendange.

Vos raisins n'ont pas le pouvoir,
Comme le bon vin qu'on en tire,
De troubler la raison : mais, charmante Thémire,
Il faut les manger sans vous voir.

ÉPIGRAMME.

Dans l'univers tout est-il vide ou plein ?
C'est un problême qui m'arrête.
Tout est vide, s'écrie Erblin,
Tranchant le nœud d'après sa tête.

LAURETTE

A MADAME CH.....

Air : *Vous m'ordonnez de la brûler.*

Laurette est le plus joli chien
  Qui soit en Austrasie :
Eucharis en raffole ; eh bien,
  Chacun a sa manie :
Laurette jappe à tout venant,
  Mais ne blesse personne ;
On ne peut pas en dire autant
  Des yeux de sa Patrone.

Elle a la peau d'un blanc satin,
  Plus douce que l'hermine,
Le nez croqué, l'air bien mutin,
  L'œil fin, la patte fine.
La belle Eucharis, chaque soir,
  L'admet à sa toilette.
Hélas ! les Dieux voudraient avoir
  Le destin de Laurette.

CHANSON

Sur un nouveau systême de physique dans lequel on prétendait que le soleil n'est pas un corps chaud et lumineux, mais un corps opaque et froid, et que la lumière et la chaleur nous viennent d'un certain fluide qui s'exhale des différentes planètes, se sublime en forme d'éther en s'élevant, et se condense autour de ce grand corps.

Air : *Femmes, voulez-vous éprouver ?*

Mes Amis, rien n'est si commun
Qu'un systême en fait de physique ;
Mais je veux vous en chanter un
Qui, par sa nouveauté, me pique.
Vous n'avez rien vu de pareil ;
Il va vous surprendre, je gage :
On vient de nous ôter le soleil
Pour nous éclairer davantage.

On exile du firmament
L'amant radieux de Clytie ;
Un fluide, un nouvel agent,
Répand la lumière et la vie :
Cet astre que nous aimions tous,
Dont nous bénissions l'influence,
Comme bien des choses chez nous,
N'est plus qu'une vaine apparence.

Mais si cet éther qui paraît
S'elever d'un coup de baguette
Dans l'air, un jour, s'évaporait,
Que deviendrait notre planète ?
Nous serions comme les Lapons,
Nous aurions des nuits éternelles ;
Il faudrait aller à tâtons :
J'aime assez cela près des belles.

Ce monde est vraiment curieux ;
Chaque jour offre un nouveau rêve :
On bannit un astre des cieux,
Sur la terre un autre s'élève.

Pour moi, je le dis sans détour,
Je ne voudrais pas d'un royaume
Quand le père même du jour
N'est plus à nos yeux qu'un fantôme.

Mais que, là-haut comme ici-bas,
On change la face des choses ;
Moi, je ne m'inquiète pas
De toutes ces métamorphoses :
Je suis heureux, je suis content ;
Loin des honneurs, loin des disgraces,
Je soupe et je chante gaîment
Entre la Raison et les Grâces. (1)

VERS.

HIER la charmante Myrté,
Marchant à mes côtés, perdit sa jarretière :
Mais le destin me fut bien plus contraire ;
Moi, je perdis ma liberté.

---

(1) Mesdames Liéb.... et Ch.....

ÉPIGRAMME.

La vieille Iris disait : ô Vénus, fais-moi plaire
A ces hommes souvent par mon œil épiés !
Vénus, exauçant sa prière,
Fit tomber un voile à ses piés.

LA COLLINE.

Air : *De la Pipe de Tabac.*

Blaise vit Reine, sa voisine,
Qui lestement, hier matin,
Montait devant lui la colline ;
Il double le pas et l'atteint :
— Ah ! je te tiens, ma toute belle !
Un joli baiser vîte et tôt.
Tout le hameau nous voit, dit-elle ;
Un peu plus haut.

Elle avance ; sa jarretière
Chemin faisant lui fait faux bond :
Pour la remettre, d'ordinaire
Fille lève un peu son jupon.
Que vois-je ? dit Blaise en délire,
Pied mignon ! jambe sans défaut !
Pour le coup c'est à moi de dire :
Un peu plus haut.

L'herbe était fraîche ; Reine, aimable ;
Blaise profite du moment :
Un bouquet d'arbres secourable
Les cache à tout œil malveillant.
Le jeu plaisait très-fort à Reine,
Qui parle d'un second assaut :
Bon, lui dit Blaise hors d'haleine,
Un peu plus haut.

VERS

A une Dame qui avait de fort beaux yeux.

Des mortelles la plus aimable,
Zulmis, d'un seul regard sait enflammer mon cœur :
Mais le sien est d'une froideur
Qui me désespère et m'accable.
Maître des hommes et des dieux,
Amour, j'implore ta puissance,
Ote-lui son indifférence
Ou mets ton bandeau sur ses yeux !

LA LANTERNE MAGIQUE.

A Madame la Générale de la C...., qui voulait la montrer le soir à ses enfans.

Air : *Femmes, voulez-vous éprouver?*

Mes Amis, désirez-vous voir
Des expériences d'optique,
Laure chez elle veut ce soir
Montrer la lanterne magique.
Mais déjà j'entends un plaisant
Dire : quel spectacle bizarre !
De petits hommes peints en grand !
Ma foi ! la chose n'est pas rare.

La critique a tort sur ce point,
Venez, vous verrez des merveilles;
Un rimailleur qui ne croit point
Égaler l'aîné des Corneilles :
De jeunes beautés dont le cœur
Sans la main jamais ne se donne;
De vieilles filles sans aigreur,
Et qui ne déchirent personne.

Vous verrez un petit collet,
Point suffisant, point hypocrite;
Un médecin sûr de son fait;
Un probe et scrupuleux légiste;
Un directeur doux comme miel,
Une dévote à faible organe:
Tous deux s'entretenant du ciel
Près d'une excellente ottomane.

Ce qui surtout vous surprendra,
C'est un suppôt de la finance
Qui donnerait tout l'or qu'il a
Pour voir tout homme heureux en France:
C'est un mauvais spéculateur,
Perdant son bien, sauvant le vôtre;
Une veuve dans la douleur,
Qui pleure d'un œil, rit de l'autre.

Laure va montrer tout cela
A travers un verre fidèle;
Mais je suis sûr qu'on ne verra
Rien de plus agréable qu'elle.

Ses figures, à ce qu'on dit,
Doivent jouer chacune un rôle :
Elles auront beaucoup d'esprit,
Je vous en donne ma parole.

BOUQUET

A MADAME......

Je voudrais, pour fêter Glycère,
Trouver un madrigal, fin comme elle, bien dit :
L'entreprise n'est pas légère ;
De l'amour n'est pas de l'esprit.
Mais pourquoi me creuser la tête?
Ah ! disons-lui tout uniment :
Grâces, esprit et sentiment,
C'est aujourd'hui que l'on vous fête.

CHANSON

Sur les circonstances du temps (1806).

Air : *J'ai vu par-tout dans mes voyages.*

Ah ! que c'est une bonne chose
Qu'un peu de gaîté dans l'esprit !
On voit tout en couleur de rose,
De tout on s'amuse et l'on rit.
Il faut gaîment passer la vie,
Jouir est le point capital :
Voir par-tout du noir est folie ;
Le bien est à côté du mal.

Le livre de la destinée,
L'almanach de Liége, à la main,
Orgon nous prédit cette année,
Fort peu de blé, fort peu de vin.
Je ne crois pas à sa science ;
Les dieux ont voilé l'avenir :
Il ne faut rien craindre d'avance,
C'est du présent qu'il faut jouir.

Là-haut le maître du tonnerre
Puise toujours dans deux tonneaux ;
Mais sa main verse sur la terre
Beaucoup plus de biens que de maux.
L'esprit retréci se consume
Dès qu'un petit mal le poursuit :
Si par fois l'horizon s'embrume,
L'instant d'ap s le soleil luit.

VERS

A Madame la Générale de la C...., en lui renvoyant des plumes qu'elle avait laissées chez moi un soir qu'il pleuvait.

Hier, sur le front de Myrté,
Les plumes étaient à leur place ;
Elle en avait toute la grâce
Sans avoir leur légèreté ;
Mais l'art de la toilette est un art qu'elle ignore
Ou qu'elle abandonne aux Phrynes ;
Et la plume des Sevignes
Lui conviendrait bien mieux encore.

VERS

A Madame......, en lui renvoyant six francs qu'elle m'avait prêtés au jeu la veille.

Jouet de la fortune ainsi que de l'amour,
Je suis le débiteur et l'amant de Sylvie :
Je ne veux être l'un qu'un jour ;
L'autre, je le suis pour la vie.

ÉPIGRAMME

IMITÉE DE LESSING.

Chez le jeune docteur Moncade
Je vois courir toujours la fringante Stella.
— Quel mal trouvez-vous à cela ?
Son mari gît au lit malade.

LE CLAIR DE LUNE.

Air : *De la croisée.*

J'ERRAIS un soir dans le grand pré
En chantant au clair de la lune,
Quand tout-à-coup je rencontrai
La jeune et jolie Opportune.
Ah ! lui dis-je, quel doux espoir !
Je te tiens, ma charmante brune.
Finis, dit-elle, on peut nous voir :
Oh ! la maudite lune !

Pour mon bonheur, au même instant
Phébé se couvre d'un nuage :
De mon Amante, qui se rend,
Vingt baisers couvrent le visage.
Je veux profiter de la nuit,
Et tenter plus loin la fortune ;
Mais déjà le nuage fuit :
Oh ! la maudite lune !

Ah! faut-il qu'un astre jaloux,
Ce soir, lui dis-je, me poursuive!
Pour demain, vîte, un rendez-vous;
Elle me l'accorde et s'esquive.
Palpitant d'amour, je m'y rends:
Mais, les yeux battus, Opportune
M'annonce un autre contre-temps:
Oh! la maudite lune!

VERS

A Madame la Générale de la C....

CÉPHISE hier au bal sous un habit fantasque
A nous intriguer s'apprêtait,
Se persuadant qu'elle était
Méconnaissable sous le masque.
Une belle qui s'enlaidit
Aisément peut tromper la vue:
Mais on ne masque pas l'esprit;
On l'entendit parler, elle fut reconnue.

CHANSON

A Mademoiselle Alexandrine J..., qui peint fort joliment.

Air : *Femmes, voulez-vous éprouver ?*

Eglé des Berchem, des Watteau,
A tous les talens en partage ;
Mais il faudrait que son pinceau
Nous traçât sa jolie image :
Ce serait un tableau charmant,
(Si les Grâces pouvaient s'atteindre),
L'Albane même en la voyant
Avouerait qu'elle est faite à peindre.

Quand elle a la palette en main,
Ah ! que ne suis-je son modèle !
Je serais fier de mon destin,
Posé vis-à-vis d'une belle ;

Mais, pour un moment de bonheur,
Je sais ce que j'aurais à craindre :
C'est que, d'un sourire enchanteur,
Elle ne m'achevât de peindre.

CHANSON

SUR LA NEIGE DE CES DAMES.

(1807, immédiatement après la prise de Dantzick).

Air : *De la croisée.*

J'AI vu Céphise ce matin,
Elle était fraîche, elle était belle :
Une neige parait son sein ;
Céphise à la mode est fidèle.
Sous cette mousse où folâtrait
L'Amour avec tout son cortége,
L'œil avec plaisir découvrait
Un sein blanc comme neige.

La neige couvre en ce moment
Et la grisette et la princesse :
Aux vieilles filles seulement
Il la faut un peu plus épaisse ;
Mais c'est un pompon bien parant,
Digne du pinceau du Corrége,
Lorsqu'elle sert de transparent
A deux boules de neige.

Vive le Héros immortel
Qui fait le destin de la France !
Jamais on ne vit rien de tel :
Quel siècle son règne commence !
Il sort vainqueur de cent combats ;
Prend chaque ville qu'il assiége :
Sa gloire croît à chaque pas :
C'est la boule de neige.

VERS

A Madame la Duchesse de Fr...., qui venait de jouer à Collin-Maillard.

Dans nos jeux la jeune Glycère
Prend plusieurs formes tour à tour :
Avec un bandeau c'est l'Amour,
Le front découvert, c'est sa mère.

ÉPIGRAMME.

— Lise, vos deux enfans ne se ressemblent pas ;
L'un est blond, l'autre brun ; l'un doux, l'autre colère.
Lise sourit et dit tout-bas :
Tous les deux cependant ressemblent à leur père.

CHANSON

A Mademoiselle Düh...., qui s'amusait à faire des souliers.

Air : *Jeunes amans, cueillez des fleurs.*

La jeune Eglé fait des souliers :
Cela peut-être vous étonne ?
Les dieux ont fait tous les métiers ;
L'un est pâtre, l'autre maçonne.
Sous ses jolis doigts déliés,
Sans effort l'empeigne se prête :
Mais, en travaillant pour les piés,
Elle nous fait tourner la tête.

Ah ! peut-on prendre du plaisir
A façonner une semelle !
Eglé veut nous faire sentir
Que tout sied bien quand on est belle.

C'est un caprice singulier :
L'Amour, qui tout-bas en murmure,
Lui dit : laisse-là ton soulier,
Les Grâces n'ont pas de chaussure.

PORTRAIT

A Madame la Comtesse Bourc....

Air : *O vous que le besoin d'aimer.*

Chaque jour l'amoureux Lycas
Répétait dès l'aurore :
Non, rien n'égale les appas
De celle que j'adore.
Taille d'Hébé, grâces, maintien,
Vers elle tout attire :
Un baiser d'une autre n'est rien
Auprès de son sourire.

Elle a l'éclat et la fraîcheur
De la rose nouvelle ;
Ses beaux yeux bleus de la candeur
Sont le miroir fidèle :
Son sein se dérobe à nos yeux ;
Mais l'esprit le devine
D'après les contours gracieux
Que son corset dessine.

Pour danser vient-on l'engager ?
On croit voir une Grâce ;
Sur le gazon son pied léger
Ne laisse point de trace.
Elle a la flexibilité
Du lis qui se balance ;
Dans ses yeux on voit la gaîté,
Sur son front la décence.

Ainsi Lycas, toujours rêveur
Et toujours solitaire,
Tâchait de charmer sa langueur
En chantant sa bergère ;

J'ignore pour quelle beauté
Son ame était émue ;
Ce que j'en sais, belle Myrté,
C'est qu'il vous avait vue.

VERS
A MADAME CH.....

J'AI marché par malheur sur la robe d'Ismène,
Ces crimes, par des vers, ne sont guère expiés ;
Mais, dites-moi, quand on la mène,
Peut-on regarder à ses piés ?

ÉPIGRAMME.

LA veuve de Damis, Chloé, se remarie.
— Hé ! mon ami, que dites-vous ?
Au médecin Valbrun demain elle se lie.
— Elle veut suivre son époux.

CHANSON

Au Fils de Madame la Comtesse Bourc..., qui avait la tête enveloppée d'un fichu parce qu'il avait mal aux oreilles.

Air : *De la croisée.*

PAUL, quel est ce fichu nouveau
Qu'on voit sur ta tête légère ?
De l'Amour est-ce le bandeau ?
— Mais il suffit de voir ma mère.
Quelle est cette coiffure-là ?
Où voit-on des têtes pareilles ?
— Ah ! ne riez point de cela ;
J'ai bien mal aux oreilles.

Console-toi, mon cher enfant,
Des malheurs ce n'est pas le pire :
J'éprouve ton mal bien souvent,
Et je l'endure sans mot dire.

J'entends par-tout de grands hableurs
Qui pensent juger à merveille :
Par-tout j'entends de beaux parleurs
Qui m'écorchent l'oreille.

Naguère, un prestolet obscur
Fit un poëme satirique :
On dit que son style est bien dur ;
Qu'il n'a pas l'oreille lyrique ;
Qu'il est méchant et flagorneur
Dans ce docte fruit de ses veilles :
Pour moi, je prétends que l'auteur
Ne manque pas d'oreilles.

Nicette va compter seize ans,
Pour elle le printems commence ;
Elle semble ignorer ses sens,
On ne dirait pas qu'elle pense.
D'un air distrait et nonchalant
On la voit bayer aux corneilles ;
Mais qu'on lui parle d'un Amant,
Elle ouvre les oreilles.

La petite Lise en amour
Est la complaisance en personne ;
Elle accepte, à la fin du jour,
Les rendez-vous qu'Alain lui donne :
Elle s'y rend à pas de loup,
Tandis que sa mère sommeille ;
Mais la surprend-on tout-à-coup ?
Elle baisse l'oreille.

Paul, en te crayonnant ces vers,
Je crois voir déjà la critique
Qui, guettant un mot de travers,
Les dissèque et les alambique ;
Mais, pour échapper à ses traits,
Je vois ce que tu me conseilles ;
Tu me dis : fais comme je fais,
Bouche-toi les oreilles.

ÉPIGRAMME.

Gare la tête, mon voisin!
Criait le tailleur Boniface,
Qui, dans sa boutique un peu basse,
Voyait entrer un grand flandrin.
L'homme élancé le lendemain
Se marie, et l'on fait grand' fête:
Le vieux tailleur d'un air malin
Lui crie encor: gare la tête!

PORTRAIT

A Madame la Duchesse de Fr.....

Air de Plantade: *L'amour un jour devant sa mère.*

Quoi! près d'elle Vénus, ma mère,
Aura trois Grâces! dit l'Amour;
Je veux descendre sur la terre
Pour en choisir une à mon tour.

Il indique un concours célèbre :
Le sexe y vint de toutes parts ;
Une beauté des bords de l'Ebre
Paraît et fixe les regards.

Sous deux arcs réguliers d'ébène
Brillent deux yeux noirs pleins de feu ;
Leur éclair se soutient à peine,
L'Amour lui-même en fait l'aveu :
Sa bouche est petite et charmante ;
Le bouton de rose est moins frais ;
D'un simple sourire elle enchante,
L'esprit anime tous ses traits.

On chante : sa main sémillante
Touche un clavier harmonieux ;
Elle sait, Euterpe brillante,
Charmer et l'oreille et les yeux.
On danse : le sistre sonore
Guide ses pas voluptueux :
C'est la légère Terpsichore
Dansant dans les fêtes des Dieux.

L'Amour, dont l'œil suivait ses traces,
S'écrie, au comble de ses vœux :
Voilà la rivale des Grâces,
Voilà la beauté que je veux.
Mais quelle est celle que j'admire ?
Instruisez-moi, mes chers Amis.
On vous nomma, charmante Elvire,
Et l'Amour vous donna le prix.

VERS

A Mademoiselle D... le jour de sa fête.

Zéphyre, au lever de l'aurore,
Voltigeait près d'ici, chargé de mainte fleur :
Ce bouquet, lui dis-je, est pour Flore ?
Non, me dit-il, je vais fêter sa sœur.

MADRIGAL

A Madame Ch..... qui a de très-beaux yeux.

DANS la prairie, un soir, la beauté qui m'engage,
La jolie Aglaure, dormait :
Arrive un groupe du village
Avec un vieux berger sauvage
Qui contre l'Amour déclamait :
L'Amour, dit-il, est enfant du caprice ;
Contre ses traits soyons armés.
Pour attaquer l'Amour l'instant était propice;
Aglaure avait les yeux fermés.

ANONVILLE.

Air : *De prendre femme, un jour dit-on.*

ANONVILLE est un triste lieu
Pour un amant de Melpomène ;
C'est un côteau maudit de Dieu,
Le raisin y mûrit à peine.
En vain le meilleur vigneron
Y met son meilleur vin en perce ;
Personne ne le trouve bon,
Excepté l'hôte qui le verse.

Encor si, pour l'humain Soulas,
Les filles, dans ce coin sauvage,
Rachetaient par quelques appas
Le mauvais vin de leur village :
Mais l'Amour fuit de ce désert,
On n'y voit que figures maigres ;
Et, comme le vin qu'on vous sert,
Toutes les mines y sont aigres.

Y veut-on rimer quelques vers ?
Revenant de leurs caravanes,
Les seuls arbitres de vos airs,
Ce sont, devinez qui..... des ânes.
Mais en ville est-on plus savant ?
Malgré tout son échaffaudage,
Tel juge des vers bien souvent
Sans s'y connaître davantage.

Mais qu'entends-je ? des violons ?
C'est une noce, je parie :
On chante, on danse ; entrons, voyons
Si la mariée est jolie.
En gros bouquet, en corset bleu,
Je l'apperçois qui se goberge :
Son jupon devant lève un peu ;
Du reste, elle a l'air d'une Vierge.

Dans un coin, se grattant le front,
Le marié boit et rumine :
On s'apprête à danser en rond,
Chaque voisin prend sa voisine :

On voit voler les cotillons ;
On court, on crie, on fait tapage ;
On glisse, on se heurte : ah ! sortons
Et de la noce et du village.

VERS

A Madame la Générale de la C.....

Le volant et l'amour sont les jeux de Clarisse :
Le mouvement lui plait beaucoup ;
Elle attaque les cœurs, et fait de l'exercice :
Mais ce n'est qu'au volant qu'elle manque son coup.

ÉPIGRAMME.

IMITÉE DE LESSING.

Je ne m'étonne pas que la folle Luci
Baise son chien ; il a l'haleine pure :
Mais que son chien la baise aussi,
Cela m'étonne, je vous jure.

L'AURORE BORÉALE.

Air : *Au souffle amoureux du zéphyr.*

L'AUTOMNE avançait dans son cours :
Un soir, dans un coin solitaire,
Avec l'objet de mes amours
Je folâtrais sur la fougère ;
L'homme des champs d'un air joyeux
Déjà regagnait sa chaumine :
Hesper brillait au haut des cieux ;
Mais moins que les yeux de Rosine.

Tout-à-coup le ciel enflammé,
D'un pourpre éclatant se colore ;
De feux tout l'horizon semé
Annonce une seconde aurore.
Les esprits glacés de terreur,
Rosine dans mes bras s'élance :
Son cœur se livre à la frayeur,
Le mien s'ouvrit à l'espérance.

*

Je l'enlace amoureusement :
Rosine cède à mon étreinte ;
Hélas ! on combat faiblement
L'amour, son amant et la crainte ;
Enfin, je sus par mon ardeur
Vaincre sa pudeur virginale ;
Pour moi l'aurore du bonheur
Fut une aurore boréale.

ÉPIGRAMME.

Mon marchand de vin de Champagne
Devait dîner chez moi ; mais il partit soudain.
A-t-il mal auguré d'un dîné de campagne ?
Non, il a craint de boire de son vin.

MADRIGAL

A Madame Ch.... chez qui je n'avais pas été reçu parce qu'elle dormait.

Ismène dort : veillez sur elle,
Sylphes qui dans les airs aimez à voltiger ;
Souvent vous protégez le sommeil d'une belle,
Que le sien soit doux et léger !
Venez sur l'aîle du silence,
Venez, entourez-la de songes gracieux ;
Mais, si vous redoutez les traits que l'amour lance,
Sylphes, disparaissez dès qu'elle ouvre les yeux.

LA VENDANGE.

A Madame Liéb..... qui faisait les siennes à Villers-sous-Preny.

Air : *Si Dorylas n'en parlait pas.*

BACCHUS, c'est aujourd'hui ta fête ;
Tout est en l'air, filles, garçons :
Un pampre nouveau sur la tête,
Cent Ménades cueillent tes dons :
C'est le retour de la folie ;
On court, on rit, on chante, on boit ;
Nos côteaux n'offrent qu'une orgie ;
L'Amour sourit au plus adroit.

Je vois de loin la jeune Annette
Vendangeant en petit jupon ;
Un essaim d'amans qui la guette
Médite quelque tour fripon :
C'est une jambe qu'on épie,
C'est un panier qu'on veut piller ;
Près de Vendangeuse jolie
L'Amour vient toujours grapiller.

Au gré des Amans tout s'arrange :
Vermeille comme le raisin,
La jeune Colette vendange
Au même sep avec Colin.
La friponne riant sous cape
Laisse voir un sein presque nu :
Ah ! comme il mordrait à la grappe
S'il ne craignait d'être apperçu.

Mais tout-à-coup la scène change :
Annoncé par un verd rameau,
Le char qui porte la vendange
Revient en triomphe au hameau ;
De la Ménade enluminée
Le désir hâte le retour,
Bacchus eut toute la journée,
Le soir appartient à l'Amour.

Au pressoir on se porte en foule,
La grappe s'élève en monceaux :
La poutre gémit, le vin coule,
La cuve s'emplit de ses flots.

Chacun y plonge la fougère ;
On entonne un joyeux refrain,
Et le berger, et la bergère
S'énivrent d'amour et de vin.

O vous dont l'esprit apprécie
Et nos maux et nos biens réels,
Aminte, c'est donc la folie
Qui fait le bonheur des mortels !
Ce Vigneron qui rit, qui chante,
Est cent fois plus heureux que nous ;
La Raison est triste et pédante,
Je veux la perdre auprès de vous.

BOUQUET

A MADAME CH.....

Pour vous fêter, belle Myrté,
Je vous offre un rosier chargé de mainte rose :
Mon bouquet est fort peu de chose ;
Mais c'est la fleur qu'on donne à la beauté.

EPIGRAMME.

Un soir, près d'un étang, la prude d'Ette-
langue
Cracha sur un vilain crapaud :
L'animal expire aussitôt ;
Elle s'était mordu la langue.

LE VERGLAS.

Air : *De prendre femme, un jour dit-on.*

Devant l'atelier de Lucas
Nice passe, et n'en est pas vue :
Elle feint de faire un faux pas ;
Un cri part, elle est apperçue.
Il court, il la prend dans ses bras :
— Quoi ! vous tombiez, charmante Nice ?
Ah ! dit-elle, c'est le verglas,
Sans y songer le pied vous glisse.

Il l'entraîne dans son réduit,
Une humble alcove offrait sa couche;
Nice craint, veut faire du bruit,
Un baiser lui ferme la bouche.
Il la soulève dans ses bras :
Hélas ! quand le cœur est complice,
Une fille ne pèse pas ;
Sans y songer le pied lui glisse.

Nice revint à la maison :
Dieux ! lui dit sa mère étonnée,
Dans quel désordre est ton jupon ?
Comme te voilà chiffonnée !
Nice répond sans s'émouvoir :
Ah ! maman, c'est un maléfice !
Tout le hameau n'est qu'un miroir,
Sans y songer le pied vous glisse.

VERS

A Madame Ch....., sur une pendule qu'elle avait fait venir de Paris.

VOTRE pendule est admirable,
Le travail en est riche autant qu'il est léger ;
Ce meuble serait impayable
S'il sonnait l'heure du berger.

ÉPIGRAMME.

DANS sa parure et ses habits,
Chloé, disait Valsain, met un grand étalage :
Vois-tu briller ces gros rubis ?
Oui, lui dis-je, sur son visage.

CHANSON

A Monsieur de la C..... l'aîné, qui venait de recevoir son brevet d'Officier d'artillerie.

Air : *N'allez pas dans la forêt noire.*

Ou donc te place le brevet
Que Paris t'expédie?
Ah! c'est dans l'arme qui te plaît,
C'est dans l'artillerie.
Déjà, mon cher, près d'un canon,
Je crois te voir en action,
Chargeant, tirant toujours, sans perdre une seconde,
Tu feras du bruit dans le monde.

Je regrette sincèrement
Que l'Alcide du Louvre
Fasse la paix précisément
Quand ta carrière s'ouvre,

Le Danube, vaincu deux fois,
Aurait vu tes premiers exploits :
Tes pièces, coup sur coup de sang teignant son onde,
Auraient fait du bruit dans le monde.

Mais ne te décourage pas,
Nous allons vaincre encore ;
Bientôt tu verras nos Soldats
Marcher vers le Bosphore.
Ces vilains Turcs, nos vieux Amis,
Avec l'Anglais se sont unis.
Tu sais que le Sérail en Sultanes abonde ;
Elles font du bruit dans le monde.

Si l'on culbutait par hasard
Ce peuple insociable,
Et que tu prisses pour ta part
Quelque Odalisque aimable.
Ah ! doublement deviens vainqueur,
Comme au combat sois plein d'ardeur ;
Et s'il arrive enfin qu'à tes vœux on réponde,
N'en fais pas de bruit dans le monde.

Peut-être que NAPOLÉON
En silence s'arrange,
Pour aller dompter Albion
Sur les rives du Gange ;
Alors pour toi quelle moisson !
L'Inde est un pays d'or, dit-on :
Chargé des diamans que recelle Golconde,
Tu ferais du bruit dans le monde.

Mais quelque point que le destin
Te marque sur ce globe,
Comme ton Père sois humain,
Comme lui brave et probe.
Un vieil adage, ô mes Amis !
Nous dit : ah ! tel père, tel fils ;
Pour tous les deux choquons nos verres à la ronde,
Et faisons du bruit dans le monde.

VERS

A Madame la Générale de la C.....

De ses distractions au jeu
Eglé ne fait que rire. Hé, je le lui pardonne,
Mais ce qui me dépite un peu,
C'est qu'elle rit encor de celles qu'elle donne.

ÉPIGRAMME

IMITÉE DE LESSING.

Le petit médecin Alard,
Enchanté de la paix que l'Empereur nous donne,
Parle de se faire hussard :
Il ne veut plus tuer personne.

LA PHILOSOPHIE DE KANT.

A M.r B...., Magistrat à Trèves (1810.)

Air : *J'ai vu partout dans mes voyages.*

NARGUE de la métaphysique
Du grand philosophe allemand !
Ce que savamment KANT explique,
L'instinct naturel nous l'apprend.
Mon cher, au bon sens je m'arrête :
Je suis ; je tâche d'être bien.
Faut-il tant se creuser la tête
Pour savoir que l'on ne sait rien.

L'impératif cathégorique
Est un grand mot vide de sens ;
Parle, l'école germanique
Renonce-t-elle à ses penchans ?
Cette étrange philosophie
N'entre pas dans le cœur humain :
Gothe (1) célèbre son Amie,
Voss chante le nectar du Rhin.

(1) On prononce GEUTHE, comme *feu*, *veut*.

Toujours sur la fin de notre être
Un triple voile fut jeté ;
Kant, tout profond qu'il peut paraître,
Hélas ! ne l'a pas écarté.
Croyons en plutôt Epicure ;
Soyons justes et bienfaisans :
Du reste, suivons la nature ;
Nos meilleurs guides sont nos sens.

Point de systêmes en morale.
Que faisons-nous ? naître et mourir.
Semons de roses l'intervalle
Que nous avons à parcourir.
Jeunes, profitons du bel âge ;
Cueillons les myrthes de Vénus :
Vieux, dans la retraite du sage,
Ravivons-nous avec Bacchus.

Ami, le moment nous seconde :
Tirons nos vins vieux du caveau ;
Pour un Héros, vainqueur du monde,
L'hymen allume son flambeau.

Ah ! que le règne du grand homme
Soit long comme il est glorieux !
Et que bientôt un Roi de Rome
Mette le comble à tous nos vœux !

CHANSON

Sur ce qu'on annonçait, dans le journal de l'Empire, que l'on avait trouvé la langue universelle.

Air : *Dans ce salon*, ou *du Poussin*.

LISEZ-VOUS les journaux ? — Moi ? non.
Oh ! la merveilleuse nouvelle !
Un savant de Spire a, dit-on,
Trouvé la langue universelle.
Pour deux cents écus, compte rond,
Du fond du Thibet jusqu'en Flandre
Tous les savans se parleront ;
Et l'on prétend qu'ils vont s'entendre.

Damis, ce poëte si noir,
Ravi de cette découverte ;
Se promet bien de ne plus voir
La place autour de lui déserte.
Puisqu'à présent dans l'univers
Tout va se parler, se comprendre,
Quand il voudra lire ses vers,
Damis pourra se faire entendre.

Mais qui triomphe de cela?
C'est Bélise, Sapho nouvelle ;
Dans sa tête elle voit déjà
Vingt savans étrangers chez elle.
Bélise n'est pas tout esprit,
On prétend qu'elle a le cœur tendre :
Son œil noir, quand elle sourit,
Aux hommes le fait bien entendre.

Bon Dieu ! que ne verrons-nous pas ?
Il n'est rien que l'homme ne tente.
Le bien, le mal, tout sort, hélas !
Du creux de sa tête bouillante.

Pour nous, rions de ce secret :
Ah ! Corinne, pourquoi l'apprendre ?
Est-ce le bonheur qu'il promet ?
Nos cœurs sauront toujours s'entendre.

VERS

A Madame et Mademoiselle de N....

Je savais bien, comme tous les rimeurs,
Que le fils de Vénus avait encore un frère ;
Mais j'ignorais qu'il eut deux sœurs
Avant de voir Lise et sa Mère.

VERS

A Mademoiselle Elisa de la C...., le jour anniversaire de sa naissance.

(*Elle est née le premier janvier* 1800.)

Elise, à pareil jour, je pense,
Tu vins au monde exprès pour l'embellir :
Le siècle avec toi prit naissance ;
Ah ! puisse-tu le voir finir.

ÉPIGRAMME.

DORYLAS nous lisait ses poëmes divers.
Damis, auditeur bénévole,
Ecoutait madrigaux, épitres, petits vers,
Sans proférer une parole.
L'auteur me dit tout bas: c'est un béta, je crois,
Rien ne l'émeut, rien ne le touche;
Il est-là comme un terme, il n'ouvre pas la bouche.
Pardon, lui dis-je, il a baillé dix fois.

ÉPITRE

A Madame la Générale de la C...., en lui rendant les œuvres de M. de Boufflers qu'elle m'avait prêtées.

GRACE à vous, aimable Eliante,
J'ai relu ce gentil Boufflers

Qui fait si joliment des vers
Et dont la prose est si coulante.
Ah ! que son Aline est charmante !
Quels traits heureux ! quels tours aisés !
Sa manière est neuve et piquante :
Par-tout son naturel m'enchante ;
Il conte.... comme vous lisez.
  Dans ce morceau plein de génie
Il sait plaire, il sait émouvoir :
Il nous fait adroitement voir
Que tout ici-bas est folie,
Et que, dans le cours de la vie,
Ce qu'il nous importe d'avoir
C'est femme d'esprit pour amie.
  Quoique je sois fort satisfait
De l'auteur, de sa touche fine,
Je vois pourtant avec regret
Qu'il ne nous fait pas le portrait
De son incomparable Aline.
Il faut donc qu'on se l'imagine.
Pour moi (je le dis en secret)
A cette infante de Golconde,
Dans mon imagination
Que d'un électrique rayon

L'exemple d'une barde féconde,
Je donne d'abord des yeux bleus,
Le front ouvert, la gorge ronde,
De belles dents, de beaux cheveux,
Une main à charmer les dieux,
Et le plus joli bras du monde.
Je lui donne encor de l'esprit:
Non l'esprit de ces précieuses,
De ces petites raisonneuses
Qui blâment tout ce que l'on dit,
Et qui, faisant les connaisseuses,
Dès qu'on rime un léger écrit,
Relèvent avec complaisance
Un vers dont le son, la cadence,
Ne sont pas exacts à leur sens,
Tandis que leur intelligence
A peine fait la différence
D'un poëme et de leurs romans:
Non l'esprit de ces agréables,
De ces parleurs infatigables,
Qui, dans leur galimatias,
En dépit du bon sens qu'ils brâvent,
Disent toujours tout ce qu'ils savent
Et tout ce qu'ils ne savent pas,

Et qui, voulant à tout le monde
Montrer leur science profonde,
Puisent dans les derniers journaux
L'historiette qu'ils débitent
Et les anecdotes qu'ils citent
Avec leurs prétendus bons mots :
Mais l'esprit fin, l'esprit aimable,
Qui, riant de la gravité
Et du ton sottement capable
D'un pédant à l'air apprêté,
Badine avec légèreté,
Et, dans son entretien, allie
Et la maxime et la saillie,
Et la raison, et la gaîté.
  Mais, Eliante, je m'égare :
Je sens trop, hélas! que je prends
Pour verve un caprice bizarre,
Et que, m'élevant comme Icare,
Sa chûte, que je me prépare,
Va faire rire à mes dépens.
Pour vous offrir un grain d'encens
Il faut avoir le talent rare
De l'écrivain que je vous rends.

EPIGRAMME

Imitée de CATS, poëte hollandais.

ANTHEY, marié depuis peu,
Demandait au docteur Fabrice
Quel était, pour jouer à certain joli jeu,
L'instant qui fut le plus propice.
Le temps n'est pas indifférent,
Répond l'élève d'Avicenne :
Le matin les joueurs sentent plus vivement ;
Le soir la partie est plus saine.
Eh bien, jouons-y donc, dit la femme
d'Anthey,
Le matin pour les sens, le soir pour la santé.

IMITATION

D'UN DES EMBLÊMES DE CATS.

Le corps de l'emblême est un obélisque ;
L'ame, ces mots : IN RECESSU NIHIL.

VENEZ, Messieurs les gens de goût,
Voyez cet obélisque à l'aiguille pointue
Qui, diminuant jusqu'au bout,
Finit par n'offrir à la vue
Qu'un point imperceptible ou plutôt rien du tout.
De Florival c'est la peinture :
Il fait l'académicien,
Parle toujours littérature,
Lit les journaux, lit le mercure,
Achète la moindre brochure ;
Mais après tout, que sait-il ? Rien.

FABLE

Imitée de GAY, Fabuliste anglais.

LE SANGLIER ET LES MOUTONS.

Un Sanglier, sortant du bois voisin,
Par un coin longeait un village.
Non loin de là, dans un gras pâturage,
De blancs Moutons broutaient le thim.
Une maison frappe sa vue :
C'est celle d'un boucher sanglant
Qui saisit un agneau, le tue,
Puis à sa porte le suspend.
Ah! messieurs les Moutons, comme l'on vous arrange !
Dit notre Sanglier de colère écumant :
L'on vous égorge, l'on vous mange,
Et vous paissez tranquillement !
Personne de vous ne se venge !
J'y perdrais l'une et l'autre dent.
Chacun se venge à sa manière,

*

Lui dit l'orateur du troupeau :
Si nous sommes mangés par l'homme sanguinaire,
Notre vengeur, c'est notre peau.
Quoi ! votre peau ? dit le noir solitaire.
Oui, répond l'animal bénin ;
Vous savez qu'elle sert à faire
Des tambours et du parchemin.

FABLE

A Madame la Générale de la C....

LE POËTE ET LA ROSE.

Dans un jardin un rimeur s'arrêta.
Il y vit un buisson de roses
Fraiches écloses ;
Il en cueille une, et puis chanta :

Va parer le sein de ma belle,
Rose, que je viens de cueillir ;
Hélas ! ta gloire va finir,

Tous les yeux ne verront plus qu'elle.
Tu vas pâlir près de son teint,
Et peut-être mourir d'envie :
Mais peut-on regretter la vie
Lorsqu'on meurt sur un si beau sein.

Ah ! l'ingénieux tour ! ah ! la belle pensée !
S'écrie, en riant aux éclats,
Une Rose fine et sensée
Qui l'écoutait à quatre pas.
Eh ! Messieurs, ne sauriez-vous pas
Sans phrases insignifiantes,
Sans frivoles comparaisons,
Faire des vers à vos amantes ?
Faut-il toujours, dans vos chansons,
Que nous mourions de honte ou que nous pâlissions ?
Je devine, mon cher, la beauté qui t'engage ;
Pour lui plaire il n'est rien de tel
Que d'être simple et naturel :
Laisse donc aux pédants tout ce vain boursoufflage.
Dis-lui qu'au goût, qu'à l'enjouement,
Elle joint un esprit solide ;

Qu'au Portique, à la cour de Gnide,
Elle plairait également.
Peins son aimable caractère,
L'égalité de son humeur;
Dis qu'elle est digne sans roideur,
Qu'elle plait sans chercher à plaire.
Ajoute encor qu'elle a plus d'un talent;
Et, si ta muse absolument
A parler de roses s'obstine,
Dis-lui tout naturellement
Que celles que sa main dessine
Nous ressemblent parfaitement.
Ce langage vaut mieux que tes vers pleins d'enflure.
Embellis, mais sois vrai: l'hyperbole, en outrant,
Ne fait que choquer la nature,
Et que gâter le sentiment.

Pour réprimer une verve indiscrette,
L'avis était bon, entre nous:
Eglé, je ne sais pas quel était le poëte;
Mais la Rose parlait de vous.

FABLE

IMITÉE DE PFEFFEL,

FABULISTE ALLEMAND.

LE VER LUISANT ET LE CRAPAUD.

LA lune, un soir d'été, nous cachait son croissant.
Dans un des domaines de Flore,
Ami du calme, un ver luisant
Promenait son brillant phosphore.
Il s'arrête près d'un bassin.
Un vieux crapaud au regard sombre
Le voit, et, profitant de l'ombre,
Jette sur lui tout son venin.
Ah ! dit le ver, quelle scélératesse !
Que t'ai-je fait pour me traiter si mal ?
Rien, dit l'envieux animal :
Tu brilles ; ton éclat me blesse.

FABLE
IMITÉE DE PFEFFEL.

LE CHEVAL ET LE POULAIN.

Léger comme un des fils d'Éole,
Un coursier renommé qu'on appelait Hector,
L'hiver dernier, dans une conque d'or,
Sur le canal d'Harlem, traînait une créole.
Il glisse, et se démet le pié.
A l'instant sa gloire est flétrie ;
Triste, honteux, estropié,
On le ramène à l'écurie.
Un Poulain qui se trouvait là,
Cervelle sans expérience,
Lui dit : mais conçoit-on cela ?
Qui, toi broncher ! ah ! quelle négligence !
Moi que l'on voit toujours en l'air,
Qui galoppe toujours, qui ne tiens point en place,
Je ne bronche jamais. Ah ! dit Hector, mon cher,
On ne t'a pas encor vu courir *sur la glace.*

Prudes, au cœur aride, aux sentimens légers,
C'est à vous que mon vers s'adresse.
Vous nous vantez votre sagesse :
Avez-vous connu les dangers ?

LA MAIN BLEUE.

CONTE.

Un juge à des experts faisait prêter serment :
Arrive humblement à la queue
Un teinturier, qui fort modestement
Devant lui lève une main bleue.
Voyez donc, quel extravagant !
Dit le juge, on n'attend cela que des coquettes ;
Allons vîte, ôtez votre gant.
— Ah ! Monsieur, mettez vos lunettes.

LE FAUX CALCUL,

CONTE TIRÉ DES ANCIENS FABLIAUX.

LAID comme un sapajou, mais se croyant un aigle,
Gui, le grand algébriste, prit
Femme belle de corps, mais buse pour l'esprit :
Ses Amis rirent ; c'est la règle.
Riez, Messieurs, dit-il, vous verrez nos enfans
Réunir un double héritage ;
Nous leur donnerons en partage,
Ma femme, la beauté ; moi, l'esprit, les talens.
Il arriva tout le contraire
Au grand regret de maître Gui ;
Tous ses enfans, laids comme lui,
Furent nigauds comme leur mère.

LE FOU.

CONTE IMITÉ DE PFEFFEL.

Un fou jadis fut à la mode ;
Tout Prince en avait un qu'il payait grassement.
Depuis, on a trouvé commode
D'avoir des fous sans leur donner d'argent.
Celui d'un Duc de Franconie,
Qui, je crois, s'appelait Parlier,
Dans, je ne sais, quelle cérémonie,
Se plaça d'un air familier
A la droite du Chancelier.
Le Magistrat était grand formaliste,
Réglait fort bien parmi les grands
Les préséances et les rangs ;
C'était de son pays le meilleur publiciste.
Il voit l'homme aux grelots, et lui dit en courroux :
A ma droite crois-tu que je souffre des fous ?

Retire-toi, franc imbécille.
Parlier répond en souriant:
Je ne suis pas si difficile;
Et se glisse à gauche à l'instant.

TROIS MOIS DE MARIAGE.

CONTE.

Au milieu de la forêt noire
Lucas se lamentait un jour;
Il se plaignait d'Annette: Annette, à son amour
Feignant toujours de ne pas croire,
Ne le payait pas de retour.
Son cœur serait-il donc de glace?
Disait-il, non jamais rien ne me fut si cher;
Pour être son époux, que faut-il que je fasse?
Ah! je me donnerais au grand diable d'enfer!
Tandis que tout seul il raisonne,
Soudain à ses yeux apparaît
Un fantôme plus noir encor que la forêt;
C'était le grand diable en personne.

Quoi ! dit le pied-fourchu, l'amour trouble
tes sens ?
Je dispose à mon gré du cœur d'une fillette :
Si tu veux me servir cinq ans,
Dans huit jours je te donne Annette.
Va, dit Lucas, j'y consens de bon cœur,
Sous ta bannière je m'enrôle ;
On ne peut pas trop cher acheter le bonheur ;
Voilà ma main, tiens-moi parole.
Plein d'espérance, il revole au hameau.
Annette n'était plus farouche ;
Son visage était doux autant qu'il était beau ;
Elle lui fait l'aveu que son amour la touche.
Enfin elle consent à couronner ses feux.
Déjà le contrat se griffonne,
On s'endimanche, on carillonne,
Ils sont époux, ils sont heureux.
Trois mois après le mariage,
Lucas revint dans la forêt :
Le diable, qui la parcourait,
Se trouve encor sur son passage ;
Et là, le tenant en arrêt :
Parlons, dit-il, un peu d'affaire.
Te souvient-il de nos engagemens ?

Tu te soumis à me servir cinq ans ;
Le bail n'est pas trop long, j'espère.
Tu te rappelles qu'à ce prix
Tu reçus de ma main l'épouse la plus tendre.
Ah ! dit Lucas, je t'en servirai dix
Si tu consens à la reprendre.

LA RELIGIEUSE RÉSIGNÉE.

CONTE.

Vers mil cinq cent quarante-quatre,
De Rome les enfans têtus
Et les fils de Luther, alors nouveaux venus,
Chez le fougueux Germain s'obstinaient à se battre
Pour la messe et des orémus.
Une ville du Rhin tenait pour le saint-siége.
Le fier Luthérien la menace aussitôt.
Il la somme un mardi ; le mercredi l'assiége ;
Et le jeudi, la prend d'assaut.

Grand désespoir dans les familles :
La ville est sans dessus dessous ;
Tout meurt de peur, les mères et les filles,
Et sur-tout les pauvres époux.
Mais où l'on fut et sans voix et sans pouls
Ce fut chez les Bénédictines ;
Ces dames étaient à matines
Quand tout-à-coup leur directeur
Accourt, et, d'une voix qui fait trembler l'église,
Leur dit : mes sœurs, la ville est prise,
Tout est perdu, l'hérétique est vainqueur.
Il inonde la place, à ces murs même il touche.
Je fuis, je fuis loin de ces lieux ;
Je ne veux pas, par le soldat farouche,
Vous voir violer à mes yeux.
Ces mots sont comme un coup de foudre,
Tout le troupeau tombe à genoux :
Nous violer ! ma sœur, l'entendez-vous ?
O ciel ! que faire ? que résoudre ?
Divin Jésus, protège-nous !
Au même instant on force la clôture ;
Le Moine part comme un éclair :
Un gros détachement, criant : vive Luther !

Entre, tempête, sacre et jure.
Chez nos Vierges alors le trouble est sans égal.
Dans ce péril, hélas! que faire?
On suit un instinct machinal;
On se cache où l'on peut, sous l'orgue, dans la chaire,
Au fond d'un confessionnal;
Tous les réduits sont bons dans ce moment fatal.
Nos héros dans le monastère
S'installent en un tour de main:
Les uns, jetant leur arme à terre,
Volent à la cave, et soudain
Font main basse sur tout le vin:
Chez les germains c'est le droit de la guerre.
D'autres, à piller non moins prompts,
Courent visiter la depense,
Et décrochent tous les jambons,
Qu'on n'avait pas fait venir de Mayence
Pour l'appétit de ces gloutons.
On se rassemble enfin, et le festin commence.
Dans tous les grands repas on fait un grand silence.

On parle au spectacle, au concert,
Pendant qu'un auteur lit, ou qu'un orateur
tonne ;
Mais à table on n'entend personne,
A moins qu'on ne soit au dessert.
Dans leurs cachettes nos béates
Ne savent que penser de ce calme profond :
— Qu'est-ce donc que nos vainqueurs
font ?
Dieu veut-il nous sauver de leurs mains
scélérates ?
Enfin la sœur Hilarion
Lève une paupière timide,
Et dit tout bas à sœur Placide :
Eh ! quand donc nous viole-t-on ?

~~~~~~~~
~~~~~~~~

TRADUCTION

DE L'ODE D'HORACE: *Nullus argento color est.*

L'OR qu'une main avare enfouit dans la terre
N'est plus rien pour son possesseur ;
Cher Salluste, l'emploi que le sage en sait faire
Lui donne seul de la valeur.

Par ses dons Proculée (1) enrichit ses deux frères.
Ah ! rien n'est plus noble à mes yeux.

(1) Proculée, dans la révolution romaine, avait été du parti d'Octave. Ses deux frères, Fannius Cœpio et Licinius Murœna s'étaient jetés dans celui de la République. Après les troubles ils revinrent à Rome ; mais leurs biens avaient été confisqués. Proculée les accueillit, et partagea généreusement avec eux sa fortune qui n'était pas médiocre. HORACE part de ce fait pour s'élever contre la cupidité des nouveaux riches de ce temps-là.

a déesse aux cent voix, sur ses aîles légères,
Va porter son nom jusqu'aux cieux.

'homme veut être libre, et vit dans les entraves.
Osons reprendre notre rang:
omptons notre avarice, et cessons d'être esclaves;
Il n'est point d'empire plus grand.

Pâle, le corps enflé, l'hydropique morose
Boit, et sa soif augmente encor.
 faut, dans tous nos maux, remonter à la cause;
Il faut guérir la soif de l'or.

---

hraate a reconquis le trône de ses pères.
Ses flatteurs l'appellent heureux.
'homme supérieur aux notions vulgaires
Est bien loin de penser comme eux.

---

a foule use, dit-il, d'une expression fausse;
Le pouvoir n'est pas le bonheur;
t ce Phraate enfin, que la pourpre rehausse,
Tremble peut-être au fond du cœur.

Quel est donc l'homme heureux ? Celui dont
la justice
Règle toutes les actions ;
Qui, sans ambition comme sans avarice,
Dompte ses moindres passions ;

Qui, sévère pour lui, pour nous plein d'indulgence,
S'efforce d'être utile à tous ;
Qui voit des monceaux d'or avec indifférence
Comme des piles de cailloux.

TRADUCTION

DE L'ODE D'HORACE : *Otium divos rogat.*

Le repos ! c'est le cri de tout ce qui respire.
Lorsque les aquilons ont soulevé les flots,
Le nautonier surpris sur les côtes d'Epire
Aux dieux demande le repos.

C'est le vœu du soldat au milieu de la guerre.
Le Mède au carquois d'or, le Thrace belliqueux,
Fatigués à la fin d'ensanglanter la terre,
Demandent le repos aux dieux.

Mais il fuit et la pourpre, et l'or et la fortune.
En vain le consul marche entouré de licteurs :
Ils écartent les flots de la foule importune,
Sans écarter les soins rongeurs.

Heureux qui, satisfait du partage modique
Qu'il tient de son travail ou de la main des dieux,
Sur sa table à trois pieds voit la salière antique
Qu'il hérita de ses ayeux.

Il est trop ignoré pour craindre l'injustice ;
L'esprit tranquille, il dort d'un paisible sommeil :
La folle ambition ni la pâle avarice
Ne hâtent jamais son réveil.

Hélas ! nous ne faisons ici-bas que paraître !
Pourquoi donc formons-nous tant de vastes
projets ?
Inconstans, pourquoi fuir le sol qui nous
vit naître
Soi-même, on ne se fuit jamais.

Embarqués, cher Grosphus, sur le même
navire,
Nos vices avec nous fendent le sein des mers;
Ils nous suivent par-tout. Tel on voit le
Zéphyre (1)
Suivre un nuage dans les airs.

Le cœur pur, l'esprit gai, c'est le conseil du
sage.
Sans craindre l'avenir jouissons du présent.

---

(1) *Zéphyre*, sans article, est l'amant de Flore; *le Zéphyre* est le vent d'ouest, qui est quelquefois très-violent. Lorsque, dans Virgile, Neptune veut témoigner son courroux aux vents qui ont excité la tempête contre Énée, il appelle *Eurus* et le *Zéphyre* : *Eurum ad se Zephyrumque vocat.*

Aux caprices du sort opposons du courage ;
Il n'est point de bonheur constant.

Achille, jeune encor, meurt de la main d'un traître ;
Le vieux Tithon échappe à la commune loi ;
La déesse sans yeux m'accordera peut-être
Ce qu'elle te refuse à toi.

Cent bœufs au large front paissent dans ton domaine ;
La mer entend au loin tes cavalles hennir :
De tes nombreux troupeaux on te file la laine
Qu'on teint dans la pourpre du Tyr.

Je n'ai qu'un petit bien, mais qui sait me suffire ;
Moins riche et plus content, j'y jouis du repos ;
Les muses quelquefois y daignent me sourire,
Et j'y ris aux dépens des sots.

IMITATION

DE LA PRIÈRE UNIVERSELLE

DE POPE.

D. O. M.

Père de l'univers, sublime intelligence,
Qui nourris de tes dons l'homme et le simple ver,
Puissant moteur, dont tout atteste la présence,
Jéhovah, Christ ou Jupiter.

Auteur de ma raison, c'est par toi que je pense.
Mais que puis-je savoir? Rien, hors que ta bonté
Est incommensurable ainsi que ta puissance,
Et que tout est obscurité.

Tu régis l'univers par des lois éternelles ;
Mais du bien et du mal tu me laisses le choix :
Pour me déterminer, des passions rebelles
Dans mon cœur fais taire la voix.

Fais taire l'amour-propre et l'intérêt perfide.
Qu'exempt de préjugés, sans crainte, sans espoir,
Prenant ma conscience et pour règle et pour guide,
Je fasse toujours mon devoir !

Les biens que ta bonté sous mes pas accumule,
Je les crois faits pour l'homme, et j'en ose jouir.
S'en priver pour te plaire est vain et ridicule ;
En profiter, c'est t'obéir.

L'homme simple te borne au globe qu'il habite.
Mais ce monde est un point dans ce vaste univers ;
Je vois autour de moi tourner dans leur orbite
Mille et mille mondes divers,

Fais-moi haïr toujours l'esprit d'intolérance.
J'ignore, hélas ! quelle est ta véritable loi :
Puis-je donc condamner ceux qui dans leur croyance
Ne s'accordent pas avec moi ?

Si ma croyance est juste, ah ! que j'y persévère !
Mon esprit et mon cœur n'ont plus rien à chercher ;
Si je suis dans l'erreur, que ta bonté m'éclaire
Sur la route où je dois marcher !

La modération est la vertu du sage ;
Je le sais. Satisfait des biens que j'ai reçus,
Que je conserve intact mon modeste héritage !
Je ne demande rien de plus.

Tu plaças dans mon cœur l'amour de mon semblable ;
De la brute par là tu me fis différent :

Je lui tends, quand je puis, une main
secourable ;
Ah ! pour moi daigne en faire autant !

Une chaîne des maux investit l'existence ;
J'en cherche la raison, et ne la trouve pas.
Ah ! puisqu'il faut souffrir, que du moins
l'espérance
M'accompagne jusqu'au trépas !

Je ris des vœux outrés que la foule t'adresse;
Accorde-moi du pain avec la paix du cœur :
Quant à tes autres dons, tu sais dans ta sagesse
S'ils conviennent à mon bonheur.

L'homme élève par-tout un temple à ta
puissance.
Malheureux, il te prie, et croit être entendu ;
Mais le plus beau tribut que sa reconnaissance
Puisse t'offrir, c'est la vertu.

EPIGRAMMATA SELECTA.

EPIGRAMMA.

Ex infelici medico fit Parmeno miles :
Nunc homines tutâ mente necare potest.

Aliud.

Garrula Paula solet tœdas ridere jugales :
Ut mater, cœlebs vivere, Paula cupis ?

Aliud.

Versificatori Bavio lasciva puella est :
Omnibus, ut Bavius, nata placere cupit.

Aliud.

Famosus salibus podagrâ Nasica laborat,
Lectoque increpitans assidet uxor anus :
O Deus, exclamat morbo clamoreque fractus
Nasica, his propera me liberare malis !

A L I U D.

Millia quinque suis habet Aulus biblia tecis :
  Magnificum dominum quot tetigisse putas?

A L I U D.

Rure suo audacem posuit Mamurra Priapum:
  At solùm est avibus cognitus, uxor ait.

A L I U D.

Magnificis edit Bavius sua carmina typis :
  Nunc tantùm insomnis, qui legat illa, deest.

A L I U D.

Sexcenta Aufidius congessit millia ; sed nil
  Ex arcâ audebat tollere : pauper erat.

A L I U D.

Pendula subtilem texebat aranea telam :
  Temporа victurum condimus, inquit, opus.
Obvenit armatis instructa ancillula scopis,
  Atque opus ac opifex jam periere simul.
Duratura putat lippus sua carmina Balbus :
  Edita sunt ; densâ nocte sepulta jacent.

In Natalem

Serenissimi Ducis Oldenburgensis.

Lucem hanc et nostri, Princeps dilecte, nepotes
Ritè colent, annos si dî virtutibus æquant.

In Pontem

A Napoleone magno Danubio injectum apud Ebersdorff.

Patria Danubius scatebras propè viderat arva
Debellata armis, Carole magne, tuis:
Fugit ad eonas mutato nomine terras,
Et si pannoniis abdidit Ister agris:
Verùm ubi ter denis majorem heroa diebus
Ponte reluctantes vincere sensit aquas,
Fortuna cedamus, ait; primus fuit heros;
Ast hic, cui cogor subdere colla, Deus.

FIN.

TABLE DES MATIÈRES.

FIN.

www.ingramcontent.com/pod-product-compliance
Ingram Content Group UK Ltd.
Pitfield, Milton Keynes, MK11 3LW, UK
UKHW021041230726
13926UKWH00004B/1589

9 782014 438079